ORAISON FUNÈBRE

DE

S. G. Monseigneur FRANÇOIS-MARIE-JOSEPH

LE COURTIER

Archevêque de Sébaste
Ancien Evêque de Montpellier

ANCIEN ARCHIPRÊTRE DE NOTRE-DAME DE PARIS, CHANOINE DE SAINT-DENIS
OFFICIER DE LA LÉGION D'HONNEUR

PRONONCÉE A PARIS EN L'ÉGLISE DE SAINT-THOMAS D'AQUIN

PAR M. L'ABBÉ DUMONT

Conférencier

LE 22 JUIN 1886

PARIS   LEIPZIG

LIBR. INTERNATIONALE - CATHOLIQUE   L. -A. KITTLER, COMMISSIONNAIRE
Rue Bonaparte, 66   Guerstrasse, 34

Vᵛᵉ H. CASTERMAN

ÉDITEUR PONTIFICAL, IMPRIMEUR DE L'ÉVÊCHÉ

TOURNAI

1887

ORAISON FUNÈBRE

DE

S. G. MGR LE COURTIER

ARCHEVÊQUE DE SÉBASTE

MONSEIGNEUR,[1]

MES FRÈRES,

Notre vie est une succession d'états heureux ou malheureux. Sa valeur n'a rien d'absolu. Les mêmes évènements peuvent produire en chacun de nous des impressions différentes, quelquefois opposées, qui dépendent de notre manière d'être, de voir, d'apprécier les personnes et les choses, de nos dispositions intimes et par conséquent subjectives.

Ces émotions de souffrance ou de bonheur sont quelquefois déterminées par des faits accidentels qui s'imposent fatalement, plus souvent elles résultent de l'intervention des hommes dans notre destinée. Nous pouvons, il est vrai, la repousser ou du moins la régler. Mais un défaut de goût pour l'indépendance, ou une bonté naturelle qui nous

---

(1) Mgr Richard, alors archevêque de Larisse et coadjuteur du cardinal Guibert.

rend plus accessible, facilite cette intervention.

Alors, comme un grand fleuve, le cours de notre vie reçoit des affluents divers. Les uns la purifient en y répandant un flot limpide et frais ; les autres la troublent en y déversant leurs eaux boueuses et corruptrices. D'un côté les amis, de l'autre, les ennemis.

L'influence de ces derniers peut être souveraine lorsqu'elle s'attaque à une âme droite, incapable de défiance parce qu'elle ne songe elle-même à tromper personne et qui, même trompée, préfère à la lutte une paix mêlée d'amertume. Sans doute tôt ou tard, les nuages amoncelés par eux se dissipent ; l'ombre s'évanouit. Un pur rayon de lumière arrive jusqu'à cette âme, momentanément obscurcie, et lui rend son éclat immaculé. Elle jouit alors d'un peu de repos. Mais cette dernière période est souvent tardive. A peine précède-t-elle de quelques années l'éternelle tranquillité qui seule peut consoler des incessants tracas de la vie terrestre.

Pardonnez-moi, mes frères, ces paroles empreintes de tristesse ; mes lèvres ne peuvent les retenir. Appelé par ceux qui restèrent ses admirateurs et ses amis, à prononcer devant vous l'oraison funèbre de François-Marie-Joseph Le Courtier, ancien curé des missions étrangères, ancien archiprêtre de Notre-Dame, ancien évêque de Montpellier, mort archevêque de Sébaste et chanoine de Saint-Denis, le 19 août 1885, je ne puis vous cacher que mon âme a été souvent meurtrie par la révélation des épreuves qu'il a dû subir. Mais je me suis interdit de troubler la suavité de votre pieux souvenir. Je garderai la sage réserve qu'il sut lui-même imposer à ses jugements, pendant le cours de son existence et surtout à la fin de sa vie, à cette époque où le vieillard, être sans avenir, aime à contempler, dans le passé lointain, ses joies pour les revivre, ses tristesses pour mieux apprécier le bonheur d'y avoir enfin échappé. Il est des coups dont l'âme la plus chrétienne conserve la trace. Elle doit du moins les pardonner. Mgr Le Courtier le fit avec une générosité qui m'impose à moi-même de dominer les impressions pénibles qui m'assaillent, et de m'interdire toute récrimination.

J'écarterai donc tous les nuages, et je vous montrerai notre saint Prélat dans l'attitude vraiment évangélique qu'il se prescrivit à lui-même, en choisissant pour sa devise d'évêque de Montpellier, ces deux mots : *Rectus et Inclinans* — Rectitude et Condescendance, qui marquent admirablement l'esprit dont s'inspirèrent les principales actions de sa vie.

A la douleur de l'avoir perdu et qu'il n'est pas au pouvoir de l'homme d'écarter, s'ajoute une douleur nouvelle. Il semble que la mort ne suffit pas à le protéger contre un dernier coup qui, s'il ne l'atteint pas lui-même, le frappe dans le cœur de tous ceux qui l'ont aimé. Devant la tombe qui convient d'ordinaire au simple fidèle, nous avons le droit de regretter une sépulture plus en rapport avec les hautes fonctions de celui qui fut archiprêtre de Notre-Dame, évêque de Montpellier, chanoine de Saint-Denis. Des obstacles que l'on a rendu insurmontables, et que je n'ai pas à juger, se sont opposés à nos vœux légitimes. Essayons de nous consoler, mes frères, en songeant que malgré tout, l'âme du vénérable Prélat doit nous voir avec bonheur réunis au sein de cette paroisse où, pendant les dernières années de sa vie, il fut apprécié et aimé par tous, par les grands qu'il savait consoler, par les petits qu'il ne se lassait pas de secourir, par le clergé qui l'entourait d'un filial respect, par les fidèles qui devinrent en quelque sorte son troupeau, par le pasteur[1] qui avait reçu la garde précieuse de son âme et qui ouvre avec l'empressement d'un ami, les portes de son église à cette foule qui n'a point oublié à une époque où l'on oublie si vite, et dans laquelle j'aime à distinguer des prêtres vénérables du diocèse de Paris, et les délégations de plusieurs sociétés de Sauveteurs de France, dont il était fier d'être le Président d'Honneur et le grand aumônier.

Oui, il doit sembler doux à l'âme de Mgr de Sébaste de redescendre en quelque sorte sous ces voûtes sacrées où il se plaisait à exercer, avec tant de dignité, les fonctions du ministère épiscopal.

Devant ce catafalque, dressé pour honorer sa mémoire, lui-même pleurait un jour solennellement le chef de l'Eglise défunt, l'illustre Pie IX. L'enfant soumis priait pour son père vénéré

Vous, Monseigneur, qui venez présider cette cérémonie funèbre, vous êtes le frère qui prie pour son frère dans l'épiscopat; merci au nom de tous!

Pour ma part, laissez-moi vous dire que votre présence facilite ma tâche. Vous apprécierez aisément en Mgr de Sébaste des qualités qui vous sont familières, puisque vous savez allier une bonté séduisante à une rectitude pleine de force qui vous fait de plus en plus honneur et vous grandit, s'il se peut, aux yeux de tous sans exception. *Rectus et inclinans.*

(1) M. le Curé de Saint-Thomas d'Aquin.

1

L'enseignement et la Charité : Voilà toute la mission de l'apôtre.

Enseignez tous les peuples, dit Notre-Seigneur Jésus-Christ à ses disciples : *Euntes docete omnes gentes*. C'est le premier devoir qu'il leur prescrit.

Bien avant ses disciples, d'autres avaient été consacrés maîtres dans l'art d'enseigner.

Au sein de la race la plus cultivée du monde ancien, les acclamations d'une foule curieuse de tout connaître avaient apprécié le bon sens profond d'un Socrate, les hautes visées d'un Platon, le savoir étendu et sévère d'un Aristote.

L'esprit est force. Il attire. Le peuple suit d'instinct et se laisse entraîner.

Or quels hommes le Christ charge-t-il de persuader la foule? Les choisit-il parmi ceux qui possèdent au plus haut degré l'art de séduire par l'esprit? Sont-ce des philosophes, des savants, de subtils commentateurs de la loi antique? Non. Sans doute, il ne rejette pas avec système la science et la philosophie. Le Christ ne sait rien dédaigner. Mais parmi les qualités qu'il requiert en ses disciples, il ne donne pas le premier rang à cette culture de l'intelligence qui nous parait indispensable pour développer la vérité en nous avant de la jeter aux quatre vents du ciel. Pour lui, la volonté qui s'attache, le cœur, si l'on veut, est le véritable siège de la foi dans ceux qui enseignent comme dans ceux qui écoutent. *Corde bono et optimo.*

Ce qu'il demande d'abord à ses apôtres, ce qu'il cultive en eux, jusqu'à sa dernière heure; ce que nos maîtres à leur tour apprécient dans chacun de nous comme l'élément primordial du sacerdoce, c'est cette qualité fondamentale qu'une sélection divine développe providentiellement dans une âme appelée à exercer le ministère de l'enseignement apostolique et qui constitue sa vocation. Cette vocation n'est point d'ordinaire un acte de création subite. C'est la lente évolution d'un germe primitivement déposé dans la terre virginale de l'enfance, qui s'échauffe, se nourrit, s'accroît, protégé par une enveloppe d'évènements et de circonstances propices.

Ce transformisme spirituel de l'homme en prêtre est particulièrement visible dans les premières années du jeune Le Courtier.

François Le Courtier naquit à Paris, sur la paroisse de Saint-Eustache, le 15 décembre 1799. Il perdit de bonne heure sa mère, femme très chrétienne. Son père, architecte de Saint-Eustache et sincèrement religieux, éleva le jeune François conformément à ses principes, qui par leur élévation et leur fermeté, avaient quelque chose de sacerdotal et de séduisant pour les prêtres eux-mêmes.

Le clergé de Saint-Eustache, subitement emprisonné au Temple pendant la révolution, n'avait point hésité à le charger de l'enlèvement et du soin des saintes espèces. Cette confiance était méritée.

Le pieux architecte sut préserver l'église de la spoliation. De ses propres mains, il arracha le vase des huiles saintes à un malheureux ouvrier qui l'avait saisi pour les profaner. Arrêté aussitôt et enfermé au Luxembourg, il fut condamné à mort et n'échappa à l'échafaud que grâce à la chute de Robespierre.

Ces fortes convictions, aussi apparentes dans la vie privée que dans les plus graves circonstances de la vie publique de M. Le Courtier, durent vivement impressionner l'âme de l'enfant pendant sa formation et y développer le sens de la foi religieuse et apostolique.

Les cérémonies du culte étaient pleines d'attraits pour lui et la solennité d'une fête le touchait d'une façon toute particulière.

Il avait quatre ans lorsque Pie VII vint sacrer Napoléon à Paris. Pendant une visite que le Pontife fit à Saint-Eustache, M. Le Courtier lui présenta son fils et demanda pour lui une bénédiction spéciale. Peu de temps avant sa mort, Mgr de Sébaste aimait à rappeler ce souvenir d'enfance dont les couleurs n'étaient nullement effacées dans sa mémoire. Il voyait toujours Pie VII d'une stature moyenne, les cheveux noirs et crépus traversant toute la nef de Saint-Eustache célébrant la messe au chœur, puis montant du chœur au presbytère par des degrés ornés des plus riches tapis et des plus belles fleurs. Ce spectacle frappa fortement sa jeune imagination et contribua à développer son penchant pour les fonctions sacerdotales.

Après cette première éducation, François Le Courtier suivit, à dix ans, les cours d'une école ecclésiastique dans le presbytère de Saint-Merry. Il fit sa première communion dans cette église le 31 mai 1811 avec l'élève Olivier qui devint plus tard évêque d'Evreux. Le lendemain, il fut confirmé par l'archevêque de Turin qui se trouvait au concile national de Paris.

En 1813, François Le Courtier entra au petit séminaire de Saint-Nicolas du Chardonnet, dont les élèves étaient employés à faire les cérémonies de Notre-Dame.

Tonsuré dans l'église Saint-Sulpice en 1815, il est admis au séminaire d'Issy en octobre 1818. Dans cette école de théologie, alors illustrée par des maîtres tels que Duclaux, Garnier, Boyer de Saint-Félix et Carrière, il complète la préparation morale que demande le Sacerdoce et qui demeure le principal souci des formateurs de la vie ecclésiastique, par de solides travaux et par une préparation intellectuelle nécessaire à l'exercice de l'apostolat dans les temps modernes. Ses études achevées, il est envoyé à Saint-Roch pour y remplir les fonctions de diacre et de catéchiste. Enfin Rome lui accorde une dispense d'âge et Mgr de Quélen l'ordonne dans sa chapelle le 5 janvier 1823, puis l'agrège au clergé de Saint-Roch où il célèbre sa première messe le jour de l'Epiphanie. Son goût, ses dispositions providentielles pour l'enseignement par la prédication, se révèlent dans les catéchismes et les prônes. Sa parole obtient de grands succès. On lui confie le carême de la cathédrale de Beauvais, à la suite duquel Mgr Feutrier lui décerne le titre de chanoine honoraire de son église. Son curé, l'abbé Marduel, encourage de son mieux ses premiers essais. Désormais la carrière de prêtre enseignant s'ouvre largement devant le jeune orateur.[1] N'ayant pu se l'attacher en qualité de secré-

(1) Un épisode de ses débuts dans la chaire peut montrer à quel point

taire, Mgr de Quélen le nomme, en 1827, deuxième vicaire à Saint-Nicolas-des-Champs. Ses loisirs augmentent; il donne plus de temps à la prédication. En 1829, il devient premier vicaire à Saint-Etienne du Mont. Le 8 mai 1830, il prononce le panégyrique de Jeanne d'Arc à Orléans. Au mois de novembre, il prend possession, comme curé, de la paroisse des Missions Étrangères.

La blessure faite au cœur du faubourg Saint-Germain par la révolution de Juillet, n'était point guérie. Les relations du pasteur avec ses paroissiens pouvaient parfois être difficiles. Le nouveau curé prit le parti fort sage de ne s'occuper que de son ministère. Il prêcha lui-même les Carêmes pendant dix années, s'appliquant au genre de l'homélie qu'il avait adopté[1] et dont il est temps d'étudier le caractère et le mérite.

Deux sciences sont indispensables au prêtre : La science de l'Evangile, et la science du cœur humain : M. l'abbé Le Courtier les posséda toutes deux à un haut degré.

Pour lui, l'Evangile est bien le manuel du

il était apprécié. Il était d'usage à Saint-Roch en 1823 de donner aux prédicateurs une rétribution de six francs pour les sermons simples. Au commencement du Carême le vénérable M. Marduel fit appeler M. l'abbé Le Courtier dans son cabinet et lui déclara d'un air grave qu'il allait lui remettre ses honoraires pour le sermon qu'il avait prêché. Cependant, ajouta-t-il avec un visage plus éclairé, comme je suis content de vous et que vous annoncez du talent, je vais ajouter une gratification. Le jeune prédicateur rougit, un peu peut-être par vanité, mais certainement aussi par la singularité de la proposition. Le vieillard après avoir longtemps cherché dans un tiroir, offrit au jeune prêtre l'une après l'autre une pièce de cinq francs et une de deux francs; sept francs au lieu de six. Ce qui dut être un grand encouragement pour le talent naissant de l'orateur!

(1) Ces prédications furent successivement publiées pour répondre aux vœux de ses auditeurs. En voici les titres : *Le Manuel de la Messe*, l'*Explication de l'Eucologe. La Retraite de la Pentecôte, le Dimanche* et quelques petits opuscules.

disciple de Jésus-Christ. Tout y est : La base de la morale, le principe de la sainteté, du bonheur, de la vraie gloire. Il incline le pouvoir et la richesse. Il relève l'obéissance et la pauvreté. Il apprend à redouter un seul mal, le vice; à aimer la meilleure des libertés, la liberté de soi dans la vertu; à pratiquer la véritable égalité, celle qui, sans rien abaisser, relève les petits au niveau des grands; la fraternité qui n'humilie personne, parce qu'elle a pour principe la paternité divine, qui s'attache, avec une sainte obstination, à étouffer dans l'homme et dans la société le principe de tout mal, l'égoïsme, et fait germer à sa place le principe de tout bien, la charité, c'est-à-dire l'amour dans ses plus sublimes manifestations.

Ravi de la beauté de l'Evangile et de son immense portée, le jeune prédicateur en fait le fond de sa doctrine et de son enseignement. Il imagine un genre nouveau, que ses supérieurs l'encouragent à cultiver et dans lequel il devient un maître admirable : l'Homélie. Il suit pas à pas le livre révélé, il en exprime tout le suc divin dans d'ingénieux commentaires et des causeries séduisantes qui, si elles ne permettent pas les grands mouvements de l'éloquence, sont toujours empreintes d'une noblesse, d'une élévation, d'une dignité qui attirent autour de sa chaire, aux Missions Etrangères et plus tard à la Métropole, l'élite de la population religieuse de Paris. Jamais il n'abandonne ce genre dans lequel il excelle, et plus tard, à Montpellier, ses mandements sont encore de simples commentaires de l'un des Evangiles du Carême. — L'évêque reste Homéliste.

Une méditation incessante de l'Evangile, lui avait

permis de discerner avec une grande sûreté de vue ce qui est essentiel et ce qu'il convient particulièrement de mettre en lumière.

Le livre sacré renferme deux discours principaux. Le sermon sur la Montagne, au commencement de la prédication du Sauveur et le discours après la Cène à la fin de sa vie publique. Le sermon sur la Montagne est le résumé de tout l'Evangile. Jésus-Christ y distingue la justice véritablement pratiquée, des apparences pharisaïques et proclame que le culte de Dieu ne saurait exister sans la douceur, la patience, le mépris des choses de la terre et surtout sans un véritable amour des hommes. Cette pratique de la religion marque l'établissement du royaume de Dieu dans l'âme, c'est-à-dire de la plénitude de la vie dans le temps et dans l'éternité.

L'Evangile n'est que le développement de ce discours dont les huit béatitudes sont à leur tour un abrégé complet.

Nommé chanoine théologal de Paris en 1840, il s'applique à la prédication de ces principes fondamentaux de la religion de Notre-Seigneur Jésus-Christ et les met en lumière dans l'explication du sermon sur la Montagne. Ce sont ces mêmes vérités essentielles qu'il fait entendre à la Cour, lorsque Napoléon III l'y appelle.

Le choix du sujet, le soin qu'il met à la traiter, révèlent l'intention arrêtée de se placer au centre, au cœur même de l'Evangile.

Ceux qui ont reçu la grave mission d'enseigner aux peuples l'Evangile de Jésus-Christ, peuvent le faire de deux manières que l'à-propos justifie également.

Les uns ne séparant point dans leur cœur l'amour de la religion et de la société moderne, sont principalement préoccupés du désir de les voir prospérer en se prêtant un mutuel concours. Montrer que la science et la révélation, que la raison et la foi, la philanthropie et la charité, la morale et la religion, les principes fondamentaux de la société nouvelle et ceux de l'Evangile, non seulement ne sont point en désaccord mais doivent se compléter nécessairement; proclamer cette harmonie supérieure et la faire admirer à ceux qui se sont épris de cette alliance monstrueuse : une société à la fois idéale et incrédule; attester que la religion n'a rien à perdre en développant le côté scientifique et social de son enseignement, que la science et la société ont beaucoup à gagner en restant religieuses, tel est le but qu'ils se proposent d'atteindre. Ils rêvent de poursuivre le travail de l'apologétique contemporaine et de développer selon, le besoin des temps, quelques-unes de ces esquisses que Chateaubriand traça à la hâte et que notre siècle entier suffira à peine à achever même après y avoir consacré la logique serrée d'un Frayssinous, la fougue métaphysique d'un Lamennais, l'éloquence ardente d'un Lacordaire.

L'un des premiers et dans une chaire d'où il commandait à des milliers de jeunes gens, Cousin avait revendiqué, à l'encontre des matérialistes du XVIIIe siècle, les droits d'un spiritualisme réparateur; il s'efforçait de constituer, à l'aide d'un mélange de théories écossaises et allemandes, une philosophie et une morale qu'il croyait devoir suffire à tous, même à nos âmes religieuses parce qu'elle conservait une sorte d'extrait rationel de nos principaux dogmes. La foule des penseurs cédait à l'entraînement du philosophe orateur. Mais un petit nombre n'avait point renoncé au sensualisme et se préparait à le présenter au public sous la forme moins repoussante mais aussi dangereuse et plus radicale du positivisme. Or le positivisme qui ne sait pas rester neutre et le naturalisme religieux frappaient à coups redoublés l'édifice même de la foi. Une œuvre s'imposait au prêtre enseignant. Celle de le consolider et de le restaurer en tous sens. Ce fut la mission des chrétiens illustres que je viens de nommer.

Mais au dedans du temple était la foule croyante, pieuse, recueillie, confiante en la solidité de l'édifice et ne se doutant point qu'il put être ébranlé par des coups dont la portée paraissait hors de proportion avec la résistance du granit attaqué. Il ne pouvait être question de faire entrer cette foule dans le temple ou de l'y retenir; elle y était déjà et ne demandait pas à s'exposer au souffle glacial et dévastateur du doute et de l'incrédulité.

Il lui suffisait de jouir, dans son saint abri, des bienfaits qu'elle attendait de l'établissement du Royaume de Dieu qu'elle ne sentait pas le besoin de réformer. Il fallait donc, avant tout, organiser sa vie intérieure en profitant d'une paix assurée par les défenseurs qui la protégeaient contre les attaques du dehors.

Cette seconde manière de répandre l'enseignement qui suppose la foi et ne s'occupe que de régler la pratique des vérités religieuses, la vraie piété, fut la mission spéciale que ses goûts, ses aptitudes et la Providence avaient confiée à M. l'abbé Le Courtier.

Il en proclame lui-même toute l'importance dans la préface du Manuel de la messe, où il exprime la crainte que les effors multipliés des Ministres du Seigneur pour chercher la brebis errante, n'aient fait perdre de vue la brebis laissée au bercail, abandonnée à elle-même, et exposée à dépérir faute des soins nécessaires. Sans doute les ravages de l'incrédulité, les progrès de la froide indifférence l'épouvantent. Il comprend que ses frères dans le sacerdoce s'arment du glaive de la parole sainte, pour défendre l'Eglise et ses institutions. Mais il sait qu'il est aussi essentiel et plus difficile peut-être de conserver que de conquérir. Tout, selon lui, doit tendre à établir et à développer dans l'âme une solide piété. Il craint de voir s'obscurcir l'intelligence du culte public qui en est le principal aliment. Il souffre lui-même du malaise inexplicable de tant de chrétiens d'ailleurs fidèles, au milieu de la pompe majestueuse de nos plus touchantes solennités. Pour prévenir ce mal désastreux, il consacre ses veilles à expliquer aux fidèles les prières et les cérémonies de la messe.

La Messe est le premier acte de religion et la principale relation de l'homme avec Dieu. Elle est la source de la vraie dévotion comme l'Evangile est la source de l'enseignement chrétien. Il en comprend toute l'importance, et consacre le Carême entier de 1838 à une série de prédications sur la sanctification du Dimanche, qui obtiennent le plus grand et le plus légitime succès.

Il est inutile de faire ressortir, tant la chose est évidente, combien la dévotion qu'il prêche est solide. Certaines pratiques puériles et recherchées, dont s'accommodent trop les imaginations maladives, ne se rattachent que de fort loin à nos croyances, nourrissent mal les âmes religieuses elles-mêmes et donnent trop souvent à l'esprit moderne l'occasion d'un sourire ou d'une critique amrèe. Il les combat de toutes ses forces. Pour se faire une idée de la manière dont il entend la piété il suffit de lire sa Retraite de la Pentecôte. Les données les plus profondes et les plus substantielles de la théologie y servent de fondement à la dévotion au Saint-Esprit.

Ceux qui, suivant une méthode différente de la sienne, envisagent surtout la religion par le dehors, ne peuvent se défendre de la considérer dans ses relations avec les sociétés civiles et politiques et de porter sur ces sociétés des jugements plus ou moins favorables selon qu'elles semblent la protéger ou la combattre. Il est impossible d'apprécier une forme d'organisation sociale sans avoir égard à la manière dont elle traite nos croyances. On conçoit que l'homme religieux, le prêtre surtout, éprouve une grande peine à se tenir à égale distance aussi bien des partis politiques qui protègent sa foi, que de ceux qui la combattent. Entraîné par une sollici-tation naturelle, il ne songe pas toujours assez que certaines alliances, quelque bonnes qu'elles soient en elles-mêmes, peuvent compromettre auprès d'un grand nombre l'œuvre spéciale de salut qu'il a le devoir d'opérer.

Cependant il ne saurait oublier qu'il se doit à toutes les âmes, à celles qui partagent sa foi, pour les conserver, à celles qui la repoussent, pour les conquérir à la vérité; et que son devoir est d'écarter toute alliance humaine exclusive, capable de com-promettre sa mission de conquérant pacifique. Un homme peut risquer sa vie au service d'une idée sociale ou politique. Il n'engage que lui. Mais quand on porte avec soi les destinées de la religion dans un pays, on ne peut les livrer aux luttes des partis, c'est-à-dire à la mobilité mystérieuse des flots qui tantôt bercent doucement, tantôt brisent sur l'écueil la barque qui leur est confiée. La religion et la patrie sont supérieures à toute politique. C'est d'elles que la politique doit tirer ses meilleures inspirations ; mais elles-mêmes doivent planer au-dessus des partis et ne recevoir que du soleil divin la chaleur qui les anime. C'est ce qu'avait admirablement compris Mgr Le Courtier.

Le 8 mai 1880 à une époque où l'on souffrait des orages et des perturbations atmosphériques, il écrit à un de ses plus intimes amis.[1]

« Il n'y a pas que les parcs et les jardins désolés. Sous tous rapports c'est désolation, tout est devenu parti : on attaque comme parti ; on se défend comme parti. Les uns ont haine et rage ; les autres, maladresse et impuissance. Nous avons autant besoin de la sagesse de Dieu que de son paratonnerre. »

Ne voulant appartenir, ostensiblement et comme prêtre, à aucun parti, il sut imposer silence à ses opinions privées et se tenir à l'écart sans chercher jamais à récriminer avec les vaincus ou à triompher avec les vainqueurs. Au milieu du faubourg Saint-Germain que la révolution de 1830 avait exaspéré, il était plus difficile encore que partout ailleurs de prendre parti sans être entraîné fort loin. Il le sentit et, comme toujours, il se contenta d'être prêtre et

(1) M. le marquis de Gourgues.

homéliste. Son troupeau fut l'objet de toute son attention et l'étude occupa les moments que le ministère ne réclamait point. Cette attitude réservée, qui sauvegarde si bien la dignité sacerdotale, lui permit d'approcher successivement des pouvoirs les plus divers et de faire accepter par tous une religion dégagée de toute attache politique.

Une grande connaissance des personnes et des choses, un amour désintéressé de la vérité, le portaient naturellement à la conciliation. Le sentiment de sa dignité, le respect de soi-même et de ses convictions ne peuvent empêcher un esprit étendu de comprendre des doctrines et une conduite différentes des siennes. On sait et il savait que, dans le monde de la pensée, à côté des principes immuables, il peut y avoir place pour une grande multiplicité d'opinions aussi faciles à justifier les unes que les autres. Il fut un jour invité à bénir la gare d'un petit village des environs de Paris. Ceux qui l'ont entendu ce jour-là n'oublieront point la manière dont son esprit si fin et sa charité ingénieuse surent captiver un auditoire choisi dans les rangs les plus élevés de la société et composé de personnes professant des opinions différentes les unes des autres. Il sut les comparer avec un art exquis aux couleurs multiples qui semblent quelquefois jurer de se trouver côte à côte, mais qui réunis, dans le faisceau spectral de l'arc-en-ciel, forment la plus gracieuse image que l'œil humain puisse contempler.

Cette condescendance habituelle qui modérait sagement la sévérité de sa tenue et de son caractère, ne manqua pas d'être appréciée.

Quand l'empereur, de son propre mouvement, voulut que la chaire des Tuileries reprit sa voix après 23 années de silence, c'est l'abbé Le Courtier qui fut chargé de la faire entendre. Il le fit pour la première fois, le dimanche des Rameaux de l'année 1853. Le succès qu'il obtint lui mérita d'inaugurer, l'année suivante, la reprise de la station du Carême à la Cour.

Depuis, il fut appelé, en 1875, à prêcher la Passion à l'Elysée. Mais aux Tuileries comme à l'Elysée, son attitude fut, comme toujours, pleine de cette sage modération qui révèle un vrai disciple de Jésus-Christ. Le genre qu'il avait adopté le préserva du reste, des écueils que n'évitent pas toujours ceux qui enseignent notre sainte religion.

Il n'encensa pas plus le pouvoir politique qu'il n'encensa le pouvoir religieux. Son âme ne connaissait point l'adulation. Il était droit et sincère. *Rectus.* On a pu lui reprocher de manquer d'habileté dans le sens humain du mot. Ce reproche l'honore. Il révèle une loyauté, une confiance, une abnégation, un courage plus rares et plus admirables aujourd'hui que jamais.

Il en est qui s'enflent de l'autorité que Dieu leur défère et qui, n'étant point flatteurs, sont facilement hautains. Il n'est point de ces hommes. Il réalise le portrait qu'il trace lui-même du prédicateur : « à force de se trouver grand devant Dieu et devant les hommes, il se trouve bien petit devant lui-même. » Il puise dans la sublimité de son rôle la juste modestie qui respecte les plus humbles situations. Son langage est plein d'affabilité. Il ne domine pas, il aime. Il sait témoigner une patience et des égards infinis pour la liberté et pour les faiblesses de la créature. « Dieu, dit-il, ne frappe pas en maître à coups violents. Il frappe à la porte de notre cœur.

Il frappe en ami. Je n'ai pas assez dit : il frappe en solliciteur. ,,

Le goût de la correction qu'il portait avec lui, se révèle dans son style. Il respecte sa pensée en l'exprimant avec noblesse et élégance. Il aime à rester simple. Son discours emprunte sa principale élévation aux passages de la sainte Ecriture qui s'y mêlent fréquemment. Mais il n'ignore aucune des règles dont il fit, à la fin de sa carrière, un judicieux exposé en commentant l'art poétique d'Horace. Il sait présenter la religion divine avec toutes les séductions de l'art humain. Son expression est parfois d'une exquise finesse. Son à-propos, son esprit de bon aloi, qui ne nuisaient en rien à la profondeur de ses vues, ont laissé à ses auditeurs familiers d'impérissables sou enirs. Aucun de ceux qui ont entendu son sermon de charité, en faveur des sourds-muets, prononcé ici-même, le 6 avril 1856, ne l'a oublié. Dans une série de considérations admirablement ingénieuses, il montre la main occupée aux recherches de la science, aux travaux de la sculpture, de la peinture, de la musique, des lettres, si merveilleusement puissante dans l'expression soudaine des passions, dans les emportements de l'éloquence, dans le premier langage de l'enfant, dans la dernière bénédiction du vieillard mourant et accomplissant enfin la plus belle de ses œuvres et son progrès suprême en rendant la parole aux muets et l'ouïe aux sourds.

A la science des Ecritures dont les divines pensées sont la matière ordinaire de ses homélies, et aux charmes d'un style à la fois correct et large, Mgr Le Courtier joint souvent l'attrait de la nouveauté qu'il doit à sa perspicacité d'observateur. —

La substance de l'enseignement catholique, comme toutes les nourritures de l'esprit et du corps, n'est profitable que si elle est donnée à propos, selon la capacité et le besoin des âmes. Il est donc indispensable au prêtre de connaître le cœur humain et la société qu'il est appelé à évangéliser. Cette qualité précieuse ne fait pas défaut à l'orateur sacré.

Ses lettres, son journal intime montrent qu'il ne se trompe ni sur la valeur des hommes, ni sur la valeur des évènements de la vie. Il est quelquefois dupe de sa confiance en autrui, parce que sa grande âme incline toujours malgré l'expérience même, à supposer le bien dans ceux qui l'entourent. Mais cette disposition bienveillante est chez lui un acte de volonté plutôt que le résultat de l'aveuglement. Quand il veut voir, il voit de loin et il voit bien.

Pour ne pas nous écarter de cette partie de son existence qui appartient au domaine public et que nous avons principalement à examiner, rappelons seulement comme une preuve de l'esprit d'observation et d'analyse qu'il portait dans l'étude du cœur humain, la retraite annuelle des dames, qu'il prêcha à la métropole, pendant qu'il était archiprêtre, de 1851 à 1861. Le livre qui la contient n'est sans doute qu'une série de notes, incapables d'offrir l'idée d'un travail complet, à ceux qui n'en ont pas entendu les développements; mais telles quelles, ces esquisses révèlent une connaissance approfondie de la nature humaine et particulièrement du cœur des épouses et des mères chrétiennes. Il en sonde les replis les mieux cachés. Caractère, qualités, défauts, imperfections, tendances, il décrit tout avec une minutieuse exactitude. Il porte la main jusqu'au fond des plaies, mais avec une délicatesse et une sûreté qui préparent la guérison sans aggraver la blessure.

De nombreuses lectures, de continuelles observations lui avaient révélé les malaises et les besoins des esprits contemporains. Il comprenait, sans les excuser toutefois, leurs incertitudes, leurs doutes, leurs errements. Il sentait la nécessité de leur appliquer un traitement spécial. Ceux qui ont longtemps vécu dans l'atmosphère de l'enseignement rationaliste ou positiviste ne peuvent être exposés à l'air, nouveau pour eux, des croyances religieuses sans des ménagements extrêmes. Sa longue expérience le lui avait appris. Aussi, tout en respectant en théorie l'inflexible rigueur des doctrines, il s'efforçait, dans la pratique, de ne les proposer qu'avec une prudente réserve. Il cherchait à en adoucir de son mieux les conséquences, afin de n'offrir à l'esprit moderne, qu'il considérait comme un malade, rien qui pût le rebuter tout d'abord. Cet esprit de condescendance suffit seul pour expliquer avec une grande clarté son attitude au Concile.

Appelé à Rome, comme ses frères dans l'épiscopat, pour exprimer son sentiment sur une doctrine qui n'était pas encore officiellement définie, ses convictions personnelles le placèrent avec d'autres éminents prélats, dans cette minorité qui, après avoir défendu une opinion contraire à celle de la majorité, sut ensuite s'incliner devant elle avec un respectueux empressement. L'évêque de Montpellier promulgua le dogme de l'infaillibilité du Pape dans son diocèse, le 31 décembre 1870.

Laisser la question pendante eût été augmenter le désarroi funeste qui règne dans les choses de l'esprit et qui résulte de l'infinie multiplicité des opinions et des systèmes. Les fidèles, en effet, auraient trouvé dans la suspension du vote, une source d'incertitudes, d'hésitations, de troubles, de luttes dangereuses, de divisions, à un moment où l'Eglise, menacée de toutes parts, avait besoin d'être plus forte et par conséquent plus *Une* que jamais. Il est surtout nécessaire de confirmer le caractère divin de la première autorité qui soit au monde, au moment où tous les autres pouvoirs perdent davantage ce caractère aux yeux des peuples. L'action d'une autorité inébranlable doit sans cesse contrebalancer le penchant fatal de la liberté à perdre tous les jours quelqu'une de ses limites. A côté du besoin de tout examiner, de tout discuter, qui tend à reculer indéfiniment les bornes du certain, restreignant ainsi la somme de nos connaissances solides à une quantité qui tend à s'approcher de zéro, il était urgent de rendre indiscutable l'enseignement dees matières qui touchent à la première de toutes les sciences : celle de la destinée humaine. Mgr Le Courtier reconnut qu'une fois de plus, la lumière de Dieu était venue en aide à la lumière de l'homme pour le plus grand bien de l'Eglise et des sociétés.

Son goût pour la condescendance ne souffrit plus du sacrifice qu'il en avait fait au devoir plus grave de la rectitude. *Rectus et inclinans.*

Ces mots, qui résument l'enseignement de Mgr Le Courtier, et que nous aimons à répéter, font d'autant plus son éloge, qu'ils caractérisent en même temps le double esprit de l'Eglise.

Il y a deux roues au char de l'Eglise, dit Dante. On remarque, en effet, dans toute la suite de son histoire deux traditions qui sont la manifestation constante et parallèle de deux esprits différents et complémentaires : l'esprit de force et l'esprit de souplesse ; l'esprit d'autorité qui s'impose sans discussion, et l'esprit de bonté qui s'insinue et persuade avec ménagement. Saint Pierre est plus vif, saint Jean plus aimable : saint Augustin est plus compatissant, saint Jérôme plus inflexible ; saint Grégoire a plus de tendresse ; saint Basile plus de raideur ; Bossuet est l'homme de l'esprit, Fénelon l'homme du cœur. D'un côté, l'attitude est plus rigide ; de l'autre, plus condescendante et plus facile.

Mgr Le Courtier sut s'inspirer à la fois de ce double esprit. Mais l'esprit de rectitude domine dans son enseignement ; nous venons de le montrer.

L'esprit de condescendance, sans ~~bien~~ cesser d'être correct, est la marque particulière de son cœur sacerdotal, ainsi que le montrera la seconde partie de notre discours.

II

La principale grandeur du sacerdoce réside dans l'exercice de la charité. C'est surtout par le cœur que le prêtre est sublime et qu'il met quelque chose de lui dans son œuvre.

Docteur, il doit exposer au peuple un enseignement traditionnel sans l'augmenter ni l'amoindrir. La confiance accordée à sa parole est en rapport avec sa fidélité à transmettre exactement la foi reçue. Si, dans la pratique, il est parfois engagé, par les circonstances ou le désir d'un plus grand bien, à adoucir pour les faire accepter, la rigidité de certaines doctrines, cette condescendance ne doit jamais porter atteinte à la correction des principes supérieurs consacrés par la tradition. Et si, poussé par le goût de savoir et de développer de plus en plus l'instruction religieuse des peuples, il se livre aux recherches sans fin que comportent les problèmes de la vie, il les doit cependant contenir dans des limites qui ne se peuvent étendre ou rétrécir à volonté.

Il y a plus. La doctrine du prêtre catholique n'arrive pas à satisfaire tous les esprits. Les uns écoutent et croient; les autres ferment l'oreille. L'enseignement du prêtre est loin d'atteindre l'universalité des hommes. Sa valeur est, malheureusement, trop contestée, surtout de nos jours.

Devant le cœur du ministre de Jésus-Christ, la carrière est, d'abord, plus largement ouverte. Le don de ses biens ou de soi-même n'a point de limites analogues à celles qui bornent le domaine de la foi. Le prêtre est libre de se donner sans mesure, et de créer, s'il est possible, de nouvelles manières de secourir le prochain, amis ou ennemis. Dans son pays, il peut être Vincent de Paul, cet homme qui semblait s'être promis de supprimer la misère sur son passage. Il peut être le missionnaire, qui, au dehors, va porter jusqu'aux extrémités du monde la bonne nouvelle qui console et fortifie.

Dans ce champ de la vie apostolique, le prêtre, qui ne peut sacrifier ses pensées jusqu'à l'anéantissement de sa foi, peut se sacrifier lui-même jusqu'au dernier battement de son cœur, et au dernier souffle de sa poitrine. C'est là qu'il reçoit les hommages volontaires ou involontaires de tous ceux qui critiquaient ses croyances et qui ne peuvent s'empêcher d'admirer ses vertus. C'est là que, n'ayant pu convertir l'incrédule à sa théologie, à l'aide de la science, de la philosophie ou de l'histoire, il continue à donner de sa religion, une haute et séduisante idée, en montrant le spectacle le plus convaincant de tous : L'égoïsme natif de l'homme, changé dans le prêtre ou l'apôtre, sous l'action de la foi, en la Charité même, cette forme achevée de la perfection morale.

Ce spectacle, Mgr Le Courtier nous l'offre dans toute sa beauté.

L'aumône était devenue en lui une véritable habitude. Il nous a été donné de suivre, jour par jour, les moindres détails de sa vie. Je puis vous assurer que le soulagement de la misère fut l'une de ses principales préoccupations. Vicaire, curé des Missions étrangères, curé de la Métropole, ses dons sont innombrables. Evêque, il donne plus encore. Les pauvres sont toujours présents à sa pensée. On sent qu'il est heureux de leur venir en aide.

En dehors des sommes dont on lui confie la distribution aux malheureux, il prélève un cinquième de toutes ses recettes afin de constituer chez lui une caisse des pauvres : dépôt sacré auquel il s'interdit de toucher pour ses besoins personnels.

Sa charité s'étend à tout. L'Eglise a besoin de prêtres. L'âme du prêtre doit être formée dès sa première jeunesse. Il crée, à cet effet, un nouveau petit séminaire.

A l'autre extrémité de la vie sacerdotale, il considère ceux qui l'achèvent, et qui, n'ayant pu rien garder pour leurs vieux jours de la plus modeste des indemnités, voient le dénûment physique s'ajouter pour eux au dénûment moral de la solitude. Il ne néglige rien pour instituer une caisse de retraite en faveur des prêtres âgés de son diocèse.

Tout homme est ouvrier sur la terre. Mais il en est qui portent davantage le poids du jour et de la chaleur. Il ne les oublie pas et crée pour eux l'œuvre de l'abaissement du prix du pain.

Il veut honorer Montpellier en embellissant sa cathédrale. Il la dote de cloches nouvelles, dont le baptême lui offre l'occasion de témoigner ostensiblement sa sympathie au clergé et à sa ville épiscopale.

Son cœur s'étend davantage encore. Il embrasse la patrie tout entière. A l'époque désastreuse de la guerre, ses mandements sont empreints d'un profond amour pour son pays. Et quand, au lendemain de la chute, il faut prouver que la France peut se redresser vivante devant celui qui croyait la laisser pour morte, Mgr Le Courtier accueille avec enthousiasme l'idée d'une souscription nationale. Il répond avec tout l'élan de son âme française à l'éloquente invitation d'un évêque aussi patriote qu'illustre, Mgr d'Orléans. Il comprend, comme lui, qu'il doit venir des millions de ce midi qui a peu connu les calamités de la guerre. Il demande que les églises et les dames françaises se dépouillent généreusement de leur or et de leurs objets de luxe pour les jeter dans la blessure ouverte au sein de la patrie et pour chasser du territoire ces soldats étrangers dont les aïeux avaient su, en 1813, changer leurs anneaux d'or en anneaux de fer, portant la date de leur récente défaite. Et, afin d'ajouter l'exemple au conseil, avec tout l'argent dont il peut disposer, il donne sa voiture de cérémonie, sa

crosse en vermeil et sa croix pectorale incrustée
de diamants.

Jamais il ne se lasse. Après avoir quitté le siège
de Montpellier, retiré sur cette paroisse, dans un
modeste appartement, garni de simples meubles qui
remontent aux premières années de sa vie sacerdotale, il trouve le moyen d'épargner encore afin de
répandre ses bienfaits de tous côtés.

A sa dernière heure, il se montre particulièrement préoccupé de faire parvenir à leur adresse
quelques dons, relativement considérables, qu'il
avait soin d'étiqueter lui-même au commencement
de chaque mois.

Ces aumônes n'étaient pas simplement l'expan-
sion au dehors d'une âme naturellement charitable.
Il donnait en prêtre. Son étude constante de l'Evangile lui avait permis de remarquer la place consi-
dérable et le rôle effrayant de l'aumône dans la
religion de Jésus-Christ. Il comprit qu'un Carême
entier suffirait à peine à exposer convenablement
aux fidèles ce précepte capital, et en 1856, il fit
à la métropole cette exposition avec une grande
ampleur, en commentant ces mots de nos livres
saints : « *Beatus qui intelligit super egenum et pau-
perem.* » Enseignement que ne devraient jamais
perdre de vue les principaux détenteurs des biens
de ce monde et qui, s'il était écouté, épargnerait à la
société des révolutions profondes et humainement
inévitables.

A ses yeux, l'aumône est aussi salutaire au chrétien qui la fait, qu'à l'indigent ou à la société qui la
reçoivent. Il la regarde comme une partie inté-
grante de la prière. Il ne se sent pas le cœur de
demander sans donner. L'aumône justifie la prière

et la rend efficace. De même qu'il pardonnait aux hommes pour que Dieu lui pardonnât ; il donnait aux malheureux pour que Dieu lui donnât.

Il attendait de cette charité les dons célestes aussi bien que les dons terrestres, la félicité éternelle aussi bien que les rapides contentements de cette vie. Il aimait à se répéter à lui-même qu'il n'y aurait plus, au dernier jour, qu'une seule question à vider. — C'est, en effet, tout l'enseignement de Notre-Seigneur Jésus-Christ sur la matière de l'examen suprême. — « Avez-vous fait, n'avez-vous point fait l'aumône? » Ce qui me rassure, ajoutait-il peu de temps avant sa mort et persuadé qu'il ne lui restait plus que ce dernier acte à accomplir, ce qui me rassure, en comparaissant devant Dieu, c'est le peu de bien que j'ai pu faire. Ma main gauche ignorait ce que faisait ma droite.

Là encore, il se souvenait d'une doctrine de nos livres saints, consolante pour ceux qui la savent mettre en pratique. L'aumône achève de couvrir les fautes que le pardon et la pénitence n'ont pas suffisamment effacées. C'était pour lui, à sa dernière heure, la source d'une confiante espérance, et c'est pour nous, après sa mort, le motif de la plus douce des consolations. Un empereur romain termina sa vie par cette parole qui exprime la plus réelle de toutes les vérités : « Il ne me reste que ce que j'ai donné. » Chacun n'emporte en effet que le mérite de ses bonnes œuvres. Il en dut rester beaucoup à celui qui donna tant.

Ce que l'homme donne avec le plus de difficulté : c'est soi-même.

L'homme s'aime avant tout et d'un amour exclusif, jaloux, impitoyable. C'est sa tendance naturelle.

Comme la pieuvre, il étend autour de lui toutes les facultés de son être pour saisir les personnes et les choses et en exprimer, en quelque sorte, de quoi nourrir son insatiable égoïsme. Il n'est jamais repu. S'il a trop pour aujourd'hui, il amasse pour demain. Son semblable, poursuivant auprès de lui sa lutte pour la vie, n'est pas un frère d'armes, c'est un concurrent, c'est un ennemi sur le champ de sa propre activité ; c'est une menace qui agite son être inquiet. Tout attirer, tout absorber en lui : la famille, la patrie, l'humanité, Dieu même : voilà son but instinctivement poursuivi. Il se donne parfois dans l'amitié ; mais c'est pour se retrouver en autrui. Il ne jouit que de soi.

C'est pour combattre cette pernicieuse tendance de l'égoïsme qui concentre la vie sur un point et l'arrête, que le Maître a commandé la charité qui sort l'homme de lui-même et le force à répandre libéralement la vie au dehors.

Ceux qui veulent sauver leur *moi,* le perdront.

La parole de Notre-Seigneur Jésus-Christ retentit dans l'âme de Mgr Le Courtier. Il fut de la généreuse lignée des saints, s'efforçant, comme eux, de tuer en lui-même le vieil homme qui se garde et qui prend, et de développer l'homme nouveau qui ajoute au don de ses biens le don de son propre cœur.[1]

(1) Un curieux épisode montre avec quelle chrétienne facilité il aurait fait le sacrifice de sa vie même, à l'accomplissement de ses devoirs sacerdotaux. Un bataillon de la garde nationale, escortant une croix funéraire, ornée de lauriers et de drapeaux tricolores, entra un jour dans l'église de Saint-Etienne-du-Mont, demandant un prêtre pour venir au cimetière de Montparnasse bénir cette croix et la tombe des victimes de Juillet. Dans ces jours où le prêtre ne pouvait sortir avec son habit, c'était chose grave d'aller en surplis à travers les rues, au milieu d'une multitude qui n'avait pas le secret de cette cérémonie. Après s'être consulté un instant avec ses confrères, l'abbé Le Courtier partit en voiture, accompagné de l'un d'eux,

3

Il a l'intelligence de ce qui constitue l'efficacité morale du don. Toutes les fois qu'il s'approche du mendiant, ce n'est pas l'homme riche donnant de sa fortune à l'homme qui en est dépourvu et l'humiliant par la comparaison. C'est le prêtre remettant à son frère une partie des biens dont il n'est lui-même que le providentiel dépositaire et qui ne peuvent l'humilier venant de Celui qui nous donne à tous la vie et les ressources qui l'entretiennent.

La charité évangélique, ce n'est pas le passant jetant aux pauvres une obole qui les dégrade plus qu'elle ne les relève. C'est l'homme de Dieu visitant dans leurs tristes demeures ceux qui manquent plus encore d'une parole fraternelle et divine, arme puissante contre la misère morale, que du morceau de pain destiné à supprimer la misère physique. On peut dire, et ceux qui l'ont connu ne me trouveront pas au dessus de la vérité — on peut dire que Mgr Le Courtier fut la charité même. Chaque jour il visitait plusieurs pauvres, les encourageant au

pour le cimetière, escorté par les gardes nationaux et suivi d'une foule immense qui grossissait à chaque débouché de rue. En approchant du Luxembourg, des femmes s'écrièrent : « Voilà les ministres ! C'est Polignac ! c'est Peyronnet que l'on amène pour être jugés ! » Déjà des clameurs menaçantes excitaient les haines populaires, lorsque l'effervescence fut heureusement calmée par les gardes nationaux qui répondirent : « Non, ce sont des prêtres qui viennent prier pour nos frères. » On arriva sans autre difficulté au cimetière, en face de la longue tranchée dans laquelle étaient couchés les cadavres des combattants de Juillet. Plus de cinq mille personnes se pressaient sur les talus. L'abbé Le Courtier récita, avec son confrère, les prières de l'inhumation et, voyant cette multitude émue et recueillie, il eut l'idée de lui adresser quelques paroles de paix et de conciliation. On l'écouta avec respect et, quand il eut fini, on s'écria : *Bis ! bis !* Que faire? répéter comme l'acteur au théâtre était peu convenable, ne rien dire était dangereux : une voix de stentor sauva la situation, en prononçant ces mots singuliers : *On ne bisse pas dans le culte !* Cette raison satisfit la multitude qui livra passage aux deux prêtres et leur permit de retourner au presbytère sains et saufs.

travail, écartant les nuages qui pesaient sur leur tête, réchauffant leur âme avec la sienne, et leur rendant cette grande force de la vie : l'espérance. — Cet acte passager accompli, il ne croyait pas son œuvre achevée. Il s'attachait longtemps aux mêmes infortunes et ne s'en séparait qu'après les avoir réellement adoucies.

De toutes les douleurs, la plus difficile à soulager est la douleur morale. Il lui a été donné de rencontrer des âmes qui se croyaient à jamais brisées sous le coup de catastrophes irréparables. Il sut les maintenir debout et redresser vers le ciel leur tête qui se penchait inerte vers la terre.

On sait avec quel empressement l'homme s'approche des félicités de ce monde, pour rire avec ceux qui rient, et fuit les infortunes pour ne pas être obligé d'en prendre sa part et de pleurer avec ceux qui pleurent. Ceux-là seulement savent combien il est difficile de consoler, qui ont senti leur langue se glacer et toute parole expirer sur leurs lèvres en présence d'une des grandes douleurs de la vie. L'homme ne comprend bien que ce qu'il a lui-même éprouvé. Pour apprécier les peines d'autrui, il faut avoir soi-même enduré mille maux. Du reste, les cœurs endoloris ne se laissent point approcher par ceux qui n'ont pas souffert et dont l'âme, sans épreuves, est toujours restée légère et incomplète par quelque endroit.

Pour expliquer l'empressement des malheureux à se réfugier sous son aile et la sollicitude toute chaude dont il savait les envelopper, il faut donc que les coups d'un impitoyable burin aient façonné son âme à l'intelligence de tous les maux et du traitement qui leur convient.

Ces coups l'ont frappé. Il est nécessaire de m'y arrêter, non seulement pour vous faire comprendre sa divine préparation au ministère de la charité, mais pour le grandir encore, s'il se peut, à vos yeux, et le rendre plus digne de votre admiration. Rien n'est grand sans douleur. Les rayons de la gloire elle-même ne possèdent tout leur éclat séducteur que sur le fond sombre de l'adversité. Après toutes les gloires dont le plus puissant génie puisse rêver la conquête, une âme large comme l'Océan qui l'environnait dans l'exil, a pu dire cette parole sublime et chrétienne : « Il me manquait l'adversité. »

Elle abonda dans la vie de Mgr Le Courtier. Je ne parle pas de la douleur matérielle, la plus légère de toutes ; ni de celle que put lui causer la perte des siens et qui, toute profonde qu'elle soit, surtout pour un prêtre, ne lui fut point particulière, je m'arrête seulement aux épreuves que subit, pendant de longues années, son âme sacerdotale et qui ne parurent cesser un moment que pour renaître plus vives, plus accablantes, jusqu'au jour où il se crut forcé de déchirer le pacte d'union qui le liait au diocèse de Montpellier.

L'une des principales causes de découragement pour ceux qui en sont capables, est assurément l'obstination que le public met parfois à leur imposer certains qualificatifs ou certaines notes de nature à compromettre leurs meilleures intentions, leurs actes les plus généreux et même leur vie entière. Notre société, aussi peu tolérante en pratique qu'elle affecte de l'être sans mesure dans ses doctrines, s'offusque de tout et souvent à propos de rien. Une opinion, une hypothèse, un mot, une tendance, une simple apparence, lui fait peur. Malheur à qui effraie de la sorte son esprit prompt à s'effaroucher. Une vie entière d'études, de pensées, de travaux, de sacrifices, de dévoûment, s'écroule sous les coups impitoyables de sa critique amère qu'aucune considération n'arrête, parce qu'elle se fait à elle-même un devoir de frapper et de frapper jusqu'à la ruine. Un édifice entier bâti avec des blocs superbes cîmentés par des labeurs quotidiens, s'élève, portant plus haut que jamais la croix du Sauveur, forçant ses ennemis eux-mêmes à ne point passer indifférents à ses pieds et répandant autour de lui l'ombre qui protège contre les ardeurs dévorantes de la vie. Et voilà que, sur un point du monument, l'œil du critique, qu'une tendance jalouse et méchante rend habile à découvrir le mal, perçoit une légère fissure, un éclat de pierre, un rien que l'architecte se fut hâté dès lors de réparer s'il s'en était aperçu à temps. L'édifice entier disparaît. Le défaut seul est considéré, raconté, décrit, flagellé. Le reste est oublié, n'existe plus, — que dis-je? un même jugement l'enveloppe dans une réprobation générale.

A l'époque de la vie de Mgr Le Courtier à laquelle nous faisons allusion, c'est-à-dire vers 1835, on affublait les uns et les autres des qualificatifs d'ultramontains et de gallicans. Et ces deux mots, dont le sens manquait de précision et que l'on se gardait bien de définir (ce qui eût coupé court à tout malentendu), étaient, du moins dans la bouche de tous, une insulte des plus graves. Des deux côtés, on se reprochait mutuellement de n'être pas simplement catholiques.

L'une de ces épithètes, et on devine laquelle, faillit

longtemps compromettre la carrière apostolique de
Mgr Le Courtier. Dès l'âge de 35 ans, la réputation
acquise par son talent de prédicateur, le bruit que
fit dans le monde croyant le *Manuel* de la messe,
l'avaient fait désigner pour être évêque. Le reproche
de gallicanisme fit échouer les projets de ceux qui
l'estimaient et qui croyaient son élévation à l'épiscopat utile à l'Eglise et propre à honorer une ville
française. Or, sur quoi reposait cette accusation qui
lui pesait à lui-même comme un fardeau ? sur des
apparences ; sur une coïncidence fâcheuse. La
morale qu'il professait était sévère ; il mettait un
grand zèle à ramener les fidèles aux devoirs parois-
siaux : voilà pour les apparences. A cette époque,
c'était assez pour motiver un soupçon. Il publia
une Explication des messes de l'Eucologe de Paris,
au moment même où l'on allait travailler à l'intro-
duction de la Liturgie romaine. Voulait-il s'opposer
à ce mouvement de rénovation? Non, il l'ignorait. Il
avait simplement songé à expliquer aux fidèles la
liturgie que leur évêque mettait entre leurs mains.
Mais cette fâcheuse coïncidence lui fut gravement
préjudiciable.

Dès ce moment, ses douleurs augmentent et lui
font oublier, par leur gravité, celles qu'il avait endu-
rées déjà aux Missions étrangères et que j'ai dû
passer sous silence.

Il est bon parfois, mes frères, de pénétrer au fond
de certaines vies dont l'élévation et l'influence nous
paraissent enviables, pour nous exciter à mettre un
frein à nos ambitions. Que de tourments, que de
tempêtes au fond de ce lac dont la surface seule est
paisible!

Un vague reproche, un reproche d'opinion pesait

sur la tête de M. l'abbé Le Courtier, et ce reproche s'aggravait davantage, à mesure que le public exigeait pour ce prêtre aimé un poste plus digne de son zèle et de son talent, et que l'on tardait davantage à répondre à ses vœux. On ne pouvait expliquer le refus des chefs hiérarchiques que par une faute grave, inavouable, que le silence et l'oubli devaient éternellement couvrir. Depuis 1835 jusqu'en 1861, c'est-à-dire pendant vingt-six ans, sa vie fut « abîmée » comme il le dit lui-même. A chaque vacance, sans en excepter une seule, la voix publique désignait son nom, l'autorité civile le présentait, de concert avec son archevêque. Mais, trompée par de faux rapports, l'autorité ecclésiastique supérieure se faisait un devoir d'arrêter ces propositions.

. — « Ce que j'ai souffert pendant ces vingt-six ans ne saurait se calculer, disait-il. On m'avait réduit à la dure condition de désirer l'épiscopat pour sauver mon honneur sacerdotal. Car que penser d'un homme honoré de la confiance publique de son évêque, groupant autour de la chaire de Notre-Dame l'élite de la population de Paris, et dont l'opinion faisait un choix qui n'était jamais ratifié, sinon qu'il y avait un champ ouvert à toutes les interprétations, dont la moins défavorable était : « c'est à n'y rien comprendre. »

Mgr Sibour lui-même, qui souffrait de ce délaissement, essaya mais en vain, de percer le mystère.

Sous les nuages amoncelés sur sa tête et qu'aucun souffle heureux ne dissipait, M. Le Courtier s'appliquait à de continuelles études. Le travail est consolateur. Chaque année, il produisait un ouvrage. Son ministère était laborieux et éclatant. Les pau-

vres, les bonnes œuvres, la prière, occupaient ses
heures de loisir.

Enfin Dieu permit que, grâce à l'intervention
dévouée d'un ministre des cultes, le nuage se dis-
sipât. Il était sans consistance. Une simple erreur
avait été commise, dont il fut la victime. Ses supérieurs le reconnurent. Il fut aussitôt nommé au
siège de Montpellier, vacant par la mort de
Mgr Thibault. L'acceptation fut pour lui un point
d'honneur. Le cardinal Morlot lui en fit un devoir, et Rome s'empressa d'agréer le choix du
gouvernement.

Je vous devais, mes frères, cet éclaircisse-
ment sans lequel il serait difficile d'expliquer une
longue partie de sa vie et qui tourne tout à son
honneur.

Le suivrai-je maintenant dans son évêché de
Montpellier? Je devrais le faire pour continuer le
tableau, que je viens d'entreprendre, des douleurs
de sa vie, pour vous montrer sa divine préparation
à l'exercice de la charité.

La situation modérée qu'il essaya de garder entre
tous, ne lui réussit pas. Elle parut à tous de la froi-
deur. Combattu par les uns, il n'était point défendu
par les autres. Même le pouvoir qui l'avait nommé
le soutint imparfaitement au milieu des difficultés
qu'il rencontra sur son siège épiscopal. Je ne puis
vous citer en détail les obstacles qu'il trouva devant
lui. Ils furent ceux que peut rencontrer à chaque
pas tout pouvoir. Je rappellerai seulement certaines habitudes d'indiscipline dans ses subordonnés,
dont son sens correct ne pouvait s'accommoder,
et surtout l'incompatibilité entre les qualités de
l'homme du midi, et celles de l'homme du nord,

qualités qui, réunies dans une nation comme la France, y forment une diversité d'éléments se complétant admirablement les uns par les autres, mais qui ne sauraient se mêler trop intimement sans s'attaquer comme les forces opposées de la chaleur et du froid.

Dans ses difficultés, Mgr Le Courtier aurait pu recourir personnellement à l'intervention de Rome. Il ne le fit point, dans la crainte d'être accusé d'aller à Rome pour justifier son passé. Dominé par un sentiment de dignité qui ne l'abandonna jamais, il préféra laisser sa cause incomplétement instruite que de l'éclairer lui-même d'une manière favorable.

Plus tard, il reconnut tous les égards que le Saint-Siège avait pour lui. Trois fois il fit le voyage de Rome. Pie IX l'accueillait avec bienveillance et mit enfin le comble à ses bontés en le nommant, le 16 janvier 1874, archevêque de Sébaste, trois semaines après sa démission du siège de Montpellier.

Je n'ai pas à juger ici, mes frères, la manière dont cette démission fut signée, ni les regrets et la douleur qu'elles lui causèrent ainsi qu'à la plus grande partie de son clergé qui appréciait enfin tout le mérite de son administration. Je me suis interdit toute plainte, et je ne veux mettre dans vos âmes aucun sentiment qui puisse être contraire à l'esprit de charité qu'il sut toujours conserver.

Ce que je puis vous affirmer, c'est que le diocèse de Montpellier garde encore de son évêque le meilleur souvenir.[1] « Je reviens de votre ancienne ville

(1) Son passage a laissé des traces visibles. En arrivant dans son diocèse, Mgr Le Courtier demanda aussitôt à tous ses curés un rapport sur l'état

épiscopale, lui disait, il y a quelques années, un archidiacre de Paris. De tout ce que j'ai entendu dire de vous, de tous les regrets qui m'ont été exprimés sur votre départ et par les prêtres et par les laïques, j'ai conclu que si, par impossible, vous redeveniez un jour évêque de Montpellier, vous y seriez reçu avec enthousiasme et votre rentrée serait triomphale. -

Ces heureuses dispositions et ces belles paroles font l'éloge de Mgr Le Courtier et de son ancienne ville épiscopale.

Je n'ai tant insisté sur les douleurs de cette vie admirable, que pour vous faire apprécier sa providentielle préparation au rôle apostolique de consolateur. Ceux qui ont beaucoup souffert sont seuls

de leurs paroisses, afin de bien connaître la situation de l'Eglise qu'il était appelé à gouverner. Il etablit l'offrande de la sainte messe pour les prêtres défunts, régla les prières et les quêtes pour Notre Saint-Père le Pape, et prit l'habitude de parler aux fidèles, après l'évangile de chaque messe pontificale.

En 1862, il fonda l'adoration perpétuelle dans son diocèse ; en 1863, il rédigea un nouveau catéchisme ; en 1865, il projeta la construction d'un autre Petit Séminaire. Sur ces entrefaites, il était nommé officier de la Légion d'honneur, il publiait l'*Explication de la Passion de Notre-Seigneur*, selon la Concorde des évangélistes. Cette même année, il consacrait Mgr Ramadié, évêque de Perpignan, assisté de NN. SS. Plantier et Maret ; il créait une nouvelle paroisse à Béziers, sous l'invocation de l'apôtre saint Jude. En 1867, il faisait à Rome sa première visite *ad limina*, et, au retour, il posait la première pierre du nouveau Petit Séminaire. Puis il publiait successivement trois lettres au sujet des cours des jeunes filles institués par M. Duruy, créait l'Œuvre de l'abaissement du prix du pain en faveur des ouvriers malheureux, et s'occupait de faire décorer plusieurs ecclésiastiques de son diocèse, choisis parmi les desservants les plus recommandables par leurs longs et modestes services.

Non moins zélé pour le culte que pour les âmes et les ministres de son Eglise, il enrichissait, en 1869, sa cathédrale de magnifiques ornements et de quatre grosses cloches, auxquelles il donnait les noms de ses prédécesseurs dans l'épiscopat de Montpellier. Il choisit pour parrain le clergé de son diocèse, représenté par son doyen d'âge, et pour marraine, la plus ancienne des Sœurs de charité de la ville épiscopale.

convenablement disposés à comprendre les malheurs de leurs frères, à les partager et à les adoucir. Ils ne sont point tentés, comme les rhéteurs de Job, de les expliquer par des torts inconnus et mystérieux. Ils parlent peu, sachant que la plupart des phrases sont banales devant certains déchirements. Mgr Le Courtier avait appris à une rude école l'art divin de la consolation. Il savait « entrer dans le cœur malade avec mille précautions,- s'inoculer en quelque sorte la souffrance d'autrui, la partager véritablement de telle sorte que l'équilibre s'établissait entre la douleur confiée et la douleur reçue, au profit de la première. Il pratiquait à la lettre cette parole surhumaine : - *Miserebitur tui magisquam mater*. " — Pour comprendre l'étendue de sa puissance consolatrice, il faut avoir été soi-même l'abîme douloureux dans lequel il faisait pénétrer le rayon sublime qui change les ténèbres en lumière éclatante, et le froid du cœur en une douce chaleur.

Voilà ce que fut Mgr Le Courtier lorsque le mal atteignait la brebis confiée à sa garde. Quand le mal l'attaquait lui-même, par les lèvres de ceux qui n'auraient dû proclamer que sa bonté, sa charité surprise n'était pas ébranlée. Elle savait pardonner. Jésus-Christ, le Maître, rencontrant, au jardin des Oliviers, Juda qui venait le trahir, eut la force d'oublier sa toute-puissance, et de dire ce simple mot d'un amour infini contre lequel aurait dû se briser le cœur du coupable : « *Mon ami*, pourquoi êtes-vous venu? " Mgr Le Courtier, ne parla pas autrement dans une circonstance analogue. A la fin d'une vie qui fut pendant quarante années une sorte de passion, le disciple agit comme le Maître.

Bien qu'il ait su redresser certaines méprises dont il n'était pas le principal auteur avec une loyauté qui ne laissait nulle place à l'amour-propre, il ne fermait pas les yeux sur les défauts qui pouvaient subsister en lui. Il pardonnait pour ne point provoquer sa propre condamnation en récitant sa prière quotidienne : « Pardonnez-nous nos offenses comme nous pardonnons à ceux qui nous ont offensé. »

Les intentions miséricordieuses du Cœur de Jésus le touchaient par-dessus tout. « Dans l'Evangile, disait-il, je n'entends des anathèmes que contre les cœurs faux et pervers, hypocrites et abusant de la grâce. Je n'entends dire anathème que contre le figuier stérile ou les serviteurs inutiles, tandis que l'indulgence, le pardon, l'accueil le plus doux sont réservés pour l'infidèle, la pécheresse, l'enfant prodigue, la brebis égarée. »

C'est donc le Maître lui-même qu'il s'était efforcé d'imiter en se proposant la charité condescendante comme le principal devoir de son cœur de prêtre. Ce devoir, il l'observa sans blesser en rien la rectitude de ses principes et la dignité de son caractère de prêtre et d'évêque. *Rectus et inclinans.*

Retiré à Paris, dans cette paroisse où s'écoulèrent ses dernières années, son esprit et son cœur, malgré l'âge et les fatigues, reprirent leurs anciennes habitudes.

Il prêcha dans les principales églises de Paris. Sa parole avait conservé tout son charme et la foule se pressait pour l'entendre.

Son esprit n'avait rien perdu de sa finesse.

Son cœur était toujours prêt à bien faire et sa main ouverte pour donner.

Sa verte vieillesse, qu'il devait à un régime sobre et bien réglé, semblait devoir atteindre la fin du siècle qu'il avait vu naître.

Mais tout à coup ses forces commencèrent à décliner.

Dès lors, sa pensée se tourna toute vers Dieu. Pourquoi se serait-il rattaché à la vie ? « Mon enfant, disait-il à l'un de ses visiteurs, les affaires de l'Eglise vont si mal et celles de la France aussi, qu'il n'y a pas grand regret à quitter la terre. »

Vous seul pourriez nous dire, M. le Curé de Saint-Thomas d'Aquin, dans quels sentiments admirables s'éteignit Mgr de Sébaste. Vous l'avez vu soulever sa main droite impuissante, à l'aide de sa main gauche, pour faire une dernière fois le signe du chrétien, le signe de la douleur rédemptrice.

Peu après, il s'éteignit dans sa quatre-vingt-sixième année. Il ne reste de lui sur terre que le bien qu'il a fait et vos souvenirs. Son âme est avec le Maître dont il fut l'apôtre.

Recueillons-nous un instant, mes frères, avant de nous séparer, et tirons de cette vie tout évangélique la grande leçon qu'elle renferme pour nous.

Dans les temps de rénovation et de trouble que nous traversons, au sein d'une lutte à outrance, sans laquelle on ne peut aujourd'hui conquérir ou garder sa place au soleil, nous avons à craindre que les principes de vertu et d'honneur guidant un travail pénible, ne nous paraissent des moyens trop inférieurs ou trop lents pour arriver au but que

nous avons assigné à notre destinée temporelle.
Nous avons à redouter l'attrait tôt, ou tard séducteur, de combinaisons ou de procédés moins
avouables, mais plus rapides et plus sûrs peut-être,
eu égard à la faiblesse et à la corruptibilité humai-
nes. Défendons-nous courageusement et au prix
même des plus grands sacrifices, contre cette tenta-
tion malsaine. Nous pourrons y perdre des biens
matériels et de faux honneurs, mais nous garderons
du moins, au fond de notre âme, justement fière
d'elle-même, cette loyauté, cette droiture, cette
intégrité, cette rectitude générale que nous avons
admirées dans notre prélat et qui constituera pour
nous la richesse la plus rare et la plus féconde en
vraies félicités.

Mais, sévères pour nous-mêmes et dans le choix
des principes qui nous dirigent, soyons indulgents
pour les autres, selon les conseils de l'évangile.
Rendons-nous compte des obstacles effrayants qui
se dressent devant l'esprit et devant le cœur des
hommes. S'ils se trompent ou s'ils pèchent, ne nous
hâtons pas de les condamner, plaignons-les plutôt.
Quoi qu'il arrive, n'acceptons jamais pour eux, dans
notre âme, que le sentiment du plus compatissant
amour. Montrons qu'une juste tolérance est sœur
de la vérité, et qu'un cœur formé à l'image de Jésus-
Christ sait s'incliner vers toutes les faiblesses et tous
les errements.

Inclinons-nous, à l'exemple de Dieu qui n'a pas
attendu que l'homme s'élevât jusqu'à lui, mais qui
s'abaissa pour unir un moment sa nature avec la
sienne et le sauver par l'amour. Inclinons-nous, à
l'exemple de Mgr Le Courtier qui sut, toute sa vie,
joindre à la rectitude la plus rigide, la condes-

cendance la plus modérée et la plus conciliatrice ;
à l'exemple, enfin, de celui qui harmonise si merveilleusement ces deux esprits, dans ses pensées et
dans sa conduite, le Père vénéré de ses enfants et
admiré par tous, le chef de l'Eglise, Léon XIII,
le Providentiel. Ainsi soit-il.

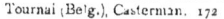

Tournai (Belg.), Casterman. 172

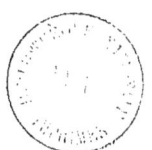

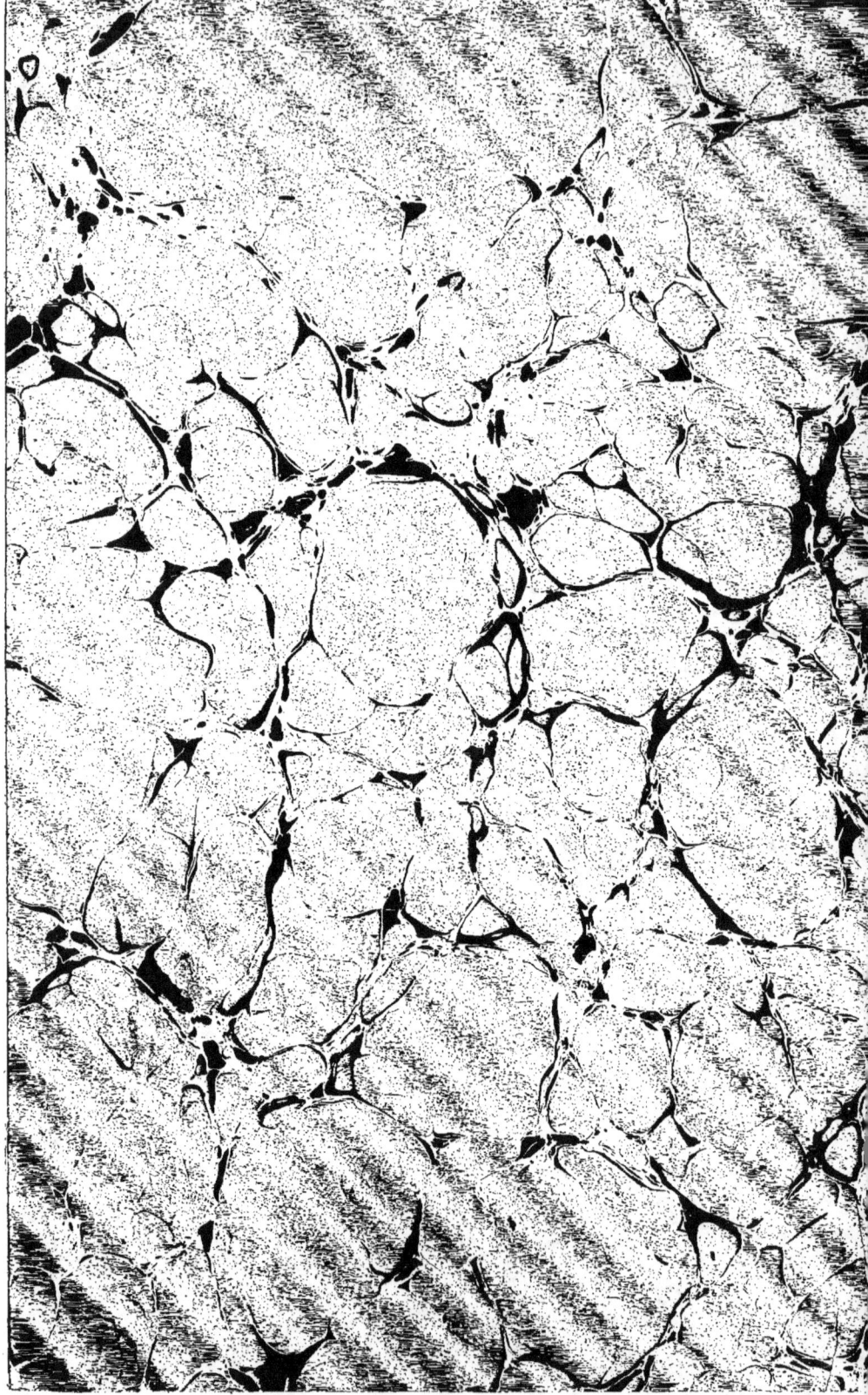

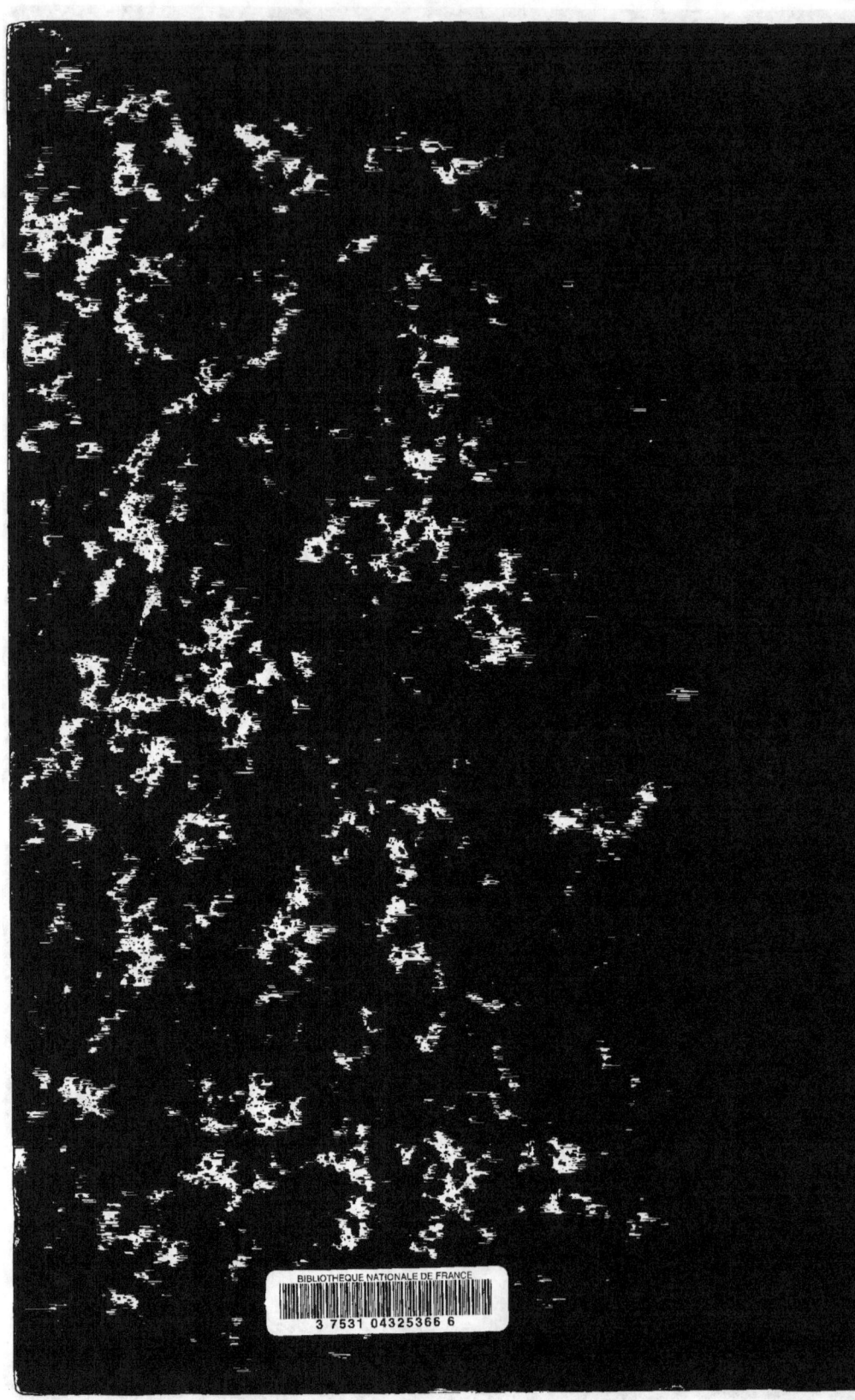

www.ingramcontent.com/pod-product-compliance
Lightning Source LLC
Chambersburg PA
CBHW061702180626
46818CB00003B/1221